蟲蟲生態小故事

螞蟻的日記

我是大力速遞員

高洪波 / 著
蔡逸君 / 繪

新雅文化事業有限公司
www.sunya.com.hk

生日派對的自拍

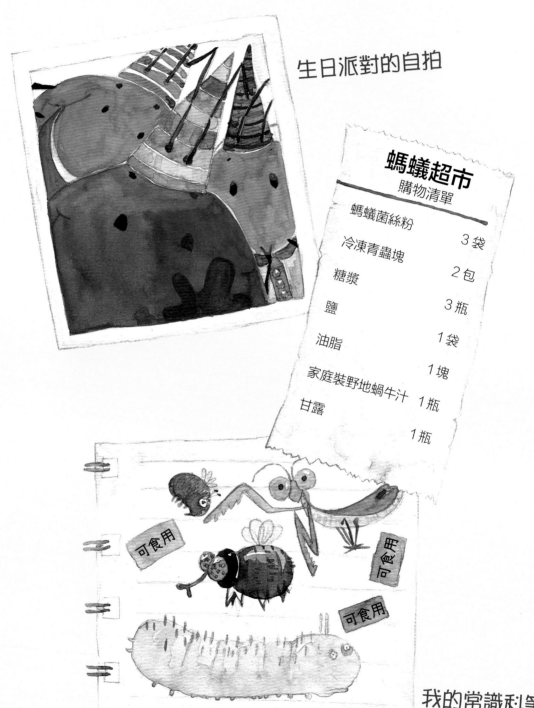

螞蟻超市
購物清單

螞蟻菌絲粉	3 袋
冷凍青蟲塊	2 包
糖漿	3 瓶
鹽	1 袋
油脂	1 塊
家庭裝野地蝸牛汁	1 瓶
甘露	1 瓶

可食用

可食用

可食用

我的常識科筆記

媽媽在我心目中是
最美的！

真菌之父

勇士！

報紙上老是有偉大螞蟻的照片，
但上面沒有速遞員。
不過開心就好，這就是生活啊！

3

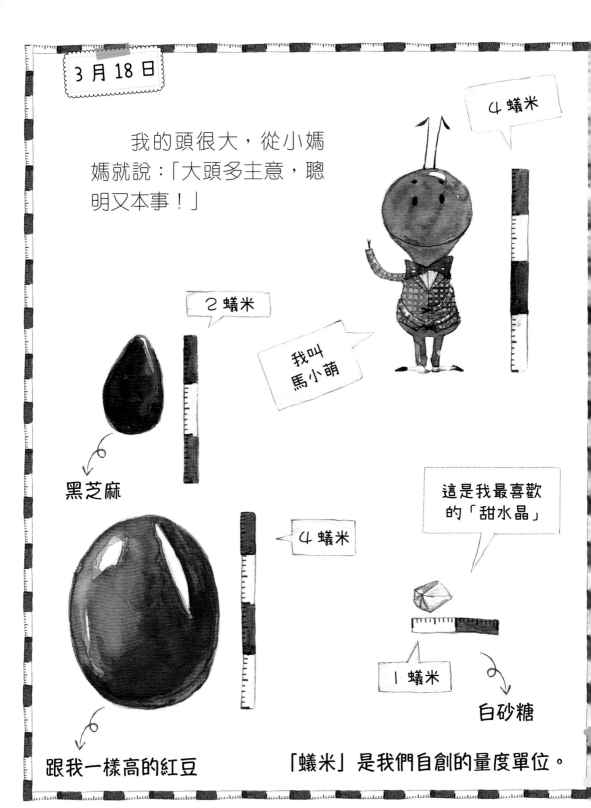

3 月 18 日

我的頭很大，從小媽媽就說：「大頭多主意，聰明又本事！」

4 蟻米

2 蟻米

我叫
馬小萌

黑芝麻

這是我最喜歡的「甜水晶」

4 蟻米

1 蟻米

白砂糖

跟我一樣高的紅豆

「蟻米」是我們自創的量度單位。

4

我最喜歡聽媽媽唱的童謠。
媽媽一唱歌，我就搖頭晃腦。

今天一大早我就被媽媽叫起來。早餐是一粒松子加一杯甘露。松子來自松樹，我知道。可是甘露甜甜的，不知道是從哪兒弄來的。

媽媽說甘露是螞蟻牧場的最新產品。

我喜歡甘露，更喜歡螞蟻牧場。

甘露

螞蟻牧場出品

今天我交了一個新朋友，他叫瓢蟲，背上有七顆漂亮的斑點。瓢蟲剛剛學會飛，還不熟練。

瓢蟲從天上掉到草叢裏，半天爬不起來。
我過去幫他起來，瓢蟲吃驚地瞪大眼睛，
說我力氣夠大，對我崇拜起來。

我可能是世界上第一
隻騎着瓢蟲飛行的螞蟻。

騎飛蟲的
安全手冊

不過只飛了一棵草那
麼高，我就摔下來了。

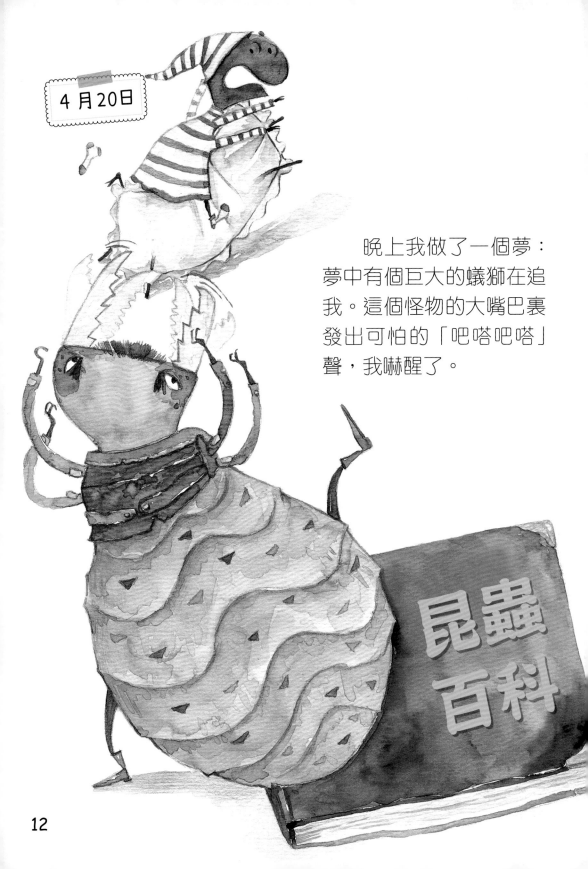

晚上我做了一個夢：夢中有個巨大的蟻獅在追我。這個怪物的大嘴巴裏發出可怕的「吧嗒吧嗒」聲，我嚇醒了。

昆蟲百科

媽媽說不要怕，蟻獅只會在沙地挖陷阱，來捕食不小心滑下的獵物，不會在這裏出現的。

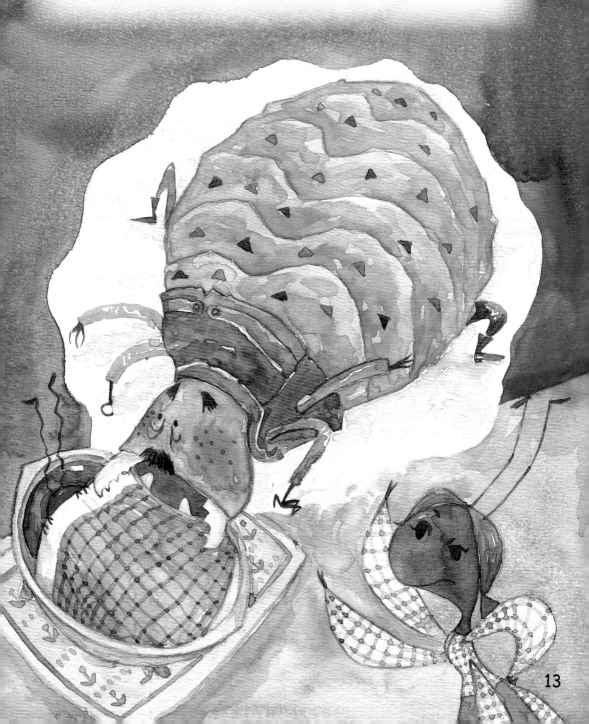

天漸漸陰了下來，我們嗅到潮濕的氣息。雨馬上要來了，我們匆匆忙忙地跑。

一個可怕的「巨人」用樹枝把我們攪得七零八落。

這真是一場災難，我在花叢中迷路了。

15

5 月 6 日

今天我去了螞蟻牧場。牧場是
一棵蘋果樹,「乳牛」們都在果樹上
趴着,他們的真名叫「蚜蟲」。

16

我一碰蚜蟲的屁股，一滴甜甜的甘露
就落下來，味道真不錯！

我一連吃了好幾滴，
還給媽媽帶回來一滴。

5 月 10 日

我碰上了小麻煩：有隻黃螞蟻從對面衝過來，他氣哼哼地衝着我，亮出閃亮的黃板牙，我躲開了黃螞蟻。

為什麼黃螞蟻總是愛侵略別人，一碰到黑螞蟻就非打架不可？我們黑螞蟻跟他們不一樣，最討厭打架。

　　特大喜訊：一條肥胖的青蟲正在草地上爬，氣味芳香。我把這個消息告訴伙伴們，大家一起衝過去，齊心協力抬起青蟲。

　　我們的午餐一定很豐盛。不過這條青蟲又胖又重，把我們累得不行！

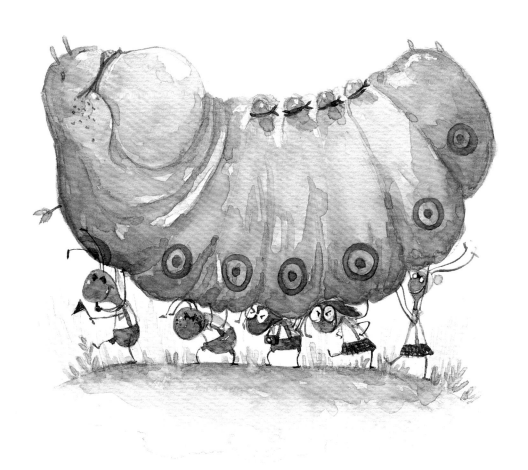

今天是國際兒童節，我們班有表演，
我指揮大家唱了一首叫《捉呀捉，捉青蟲》
的歌。老師送我們每人一朵小花，這小花
是蒲公英的茸毛，又輕又軟又漂亮！

23

6月5日

我和瓢蟲吵了一架。
因為他說自己最大的願
望是：吃蚜蟲。

蚜蟲是我們螞蟻的「乳牛」呀，瓢蟲怎麼能這麼做！太不夠朋友啦！我很不開心。

天突然下起大雨，我被雨點追得四處跑，只好躲在一棵「大樹」下。雨停了，「大樹」發出香香的氣味。我抬頭一看，呀，「大樹」居然是一朵美味的蘑菇！

蝸牛先生，樹葉可以借給我用用嗎？

我和小伙伴們把蘑菇搬回蟻巢，這可是過冬的好食品！我碰到了「幸運雨」。

6 月 18 日

這是一堂視藝課，我用泥膠捏了瓢蟲，因為他是我的好朋友。可是一想起「乳牛」和甘露的滋味，我把瓢蟲又變成了一團泥膠。

28

結果，我的視藝功課不及格。哼⋯⋯

　　長大以後我最想做的工作是送速遞。我最想送的速遞是生日蛋糕，那種香噴噴、甜蜜蜜的忌廉蛋糕。

　　我希望螞蟻城的所有居民每天都過生日，這樣我每天都有蛋糕送，當然，送蛋糕的報酬要有——一小塊蛋糕就足夠了。我不喜歡錢，真的！

下一份育卵院霍娜姨的蛋糕

可愛的甜品師馬達 388 也為自己速遞了生日蛋糕

地洞甜品房 生日蛋糕 大優惠！

　　我喜歡跑步。自從跟媽媽談過送速遞的理想後，我跑步更勤快了。

　　我發現有個數不清腿的大傢伙喜歡跟着我跑，而且他特別有禮貌，他告訴我他叫「蜈蚣」，我喊他「百足大王」，哈哈，好玩吧！

7 月 8 日

　　我也有不開心的時候，我最害怕「巨人」
用一種怪味道的熱水沖我。
　　這時候我感到了當螞蟻的無奈！

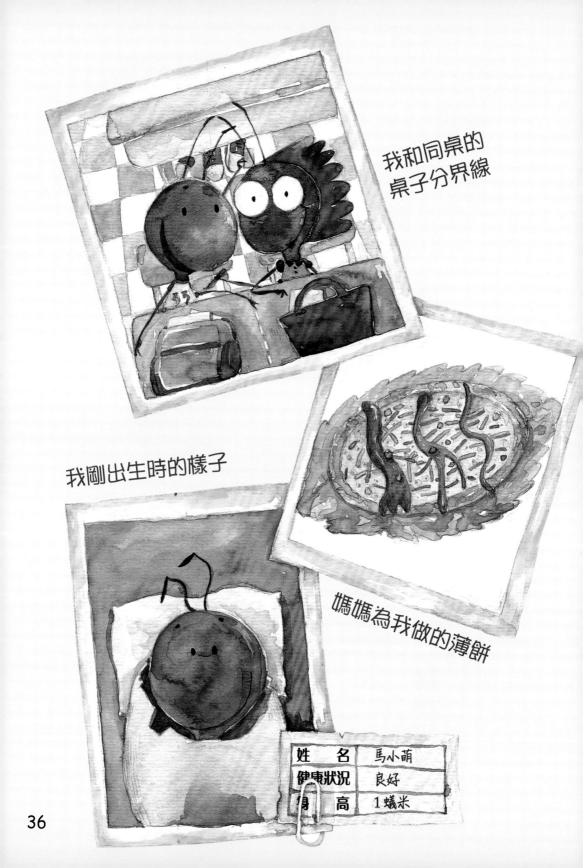

我和同桌的
桌子分界線

我剛出生時的樣子

媽媽為我做的薄餅

姓　名	馬小萌
健康狀況	良好
身　高	1蟻米

我和莉莉 280、妮妮 290
合作的建築成果：一座蟻巢

我是學校第 304 屆
水槍射擊大賽的冠軍

國慶日，蟻后出
巡，大家都要摘
掉帽子致敬

夢想STEAM職業系列

一套4冊

從故事學習 STEAM，我也要成為科技數理專才！

本系列一套4冊，介紹了科學家、工程師、數學家和編程員四個STEAM職業。把溫馨的故事，優美的插圖，日常的數理科技知識巧妙地融合在一起，潛移默化地讓孩子了解STEAM各相關職業的特點和重要性，並藉此培養他們正面的價值觀和協作、解難技能，將來貢獻社會！

了解 4 種 STEAM職業：

我是未來科學家
學習多觀察、多驗證

我是未來工程師
學習多想像、多改良

我是未來數學家
學習多思考、多求真

我是未來編程員
學習多創新、多嘗試

圖書特色：

温馨故事配合簡易圖解，
鼓勵孩子**多觀察身邊的事物**，
多求證解難，引發孩子的**好奇心**

講述著名科學家、工程師、數學家和編程員的事跡，
讓孩子了解STEAM職業
的特點和重要性

書禾提供如何成為各種STEAM專才的建議，
引導孩子思考，培養數理科技思維，
為投身理想STEAM職業踏出第一步！

一起來跟**科學家**、**工程師**、**數學家**和
編程員學習，培養嚴謹的科學精神、慎
密的頭腦、靈活的思維，從求知、求真、
求變中，為人類的福祉和文明作出貢獻！

科技數理融入生活，
知識融入故事。
一起進入 STEAM 世界！

定價：$68/ 冊；$272/ 套

三聯書店、中華書局、商務印書館、
一本 My Book One (www.mybookone.com.hk) 及各大書店均有發售！

蟲蟲生態小故事

螞蟻的日記

——我是大力速遞員

作　　者：高洪波

繪　　圖：蔡逸君

責任編輯：黃楚雨

美術設計：張思婷

出　　版：新雅文化事業有限公司

　　　　　香港英皇道499號北角工業大廈18樓

　　　　　電話：(852) 2138 7998

　　　　　傳真：(852) 2597 4003

　　　　　網址：http://www.sunya.com.hk

　　　　　電郵：marketing@sunya.com.hk

發　　行：香港聯合書刊物流有限公司

　　　　　香港荃灣德士古道220-248號荃灣工業中心16樓

　　　　　電話：(852) 2150 2100

　　　　　傳真：(852) 2407 3062

　　　　　電郵：info@suplogistics.com.hk

印　　刷：中華商務彩色印刷有限公司

　　　　　香港新界大埔汀麗路36號

版　　次：二〇二二年二月初版

ISBN: 978-962-08-7929-6

原書名：《我的日記：螞蟻的日記》

文字版權©高洪波

圖片版權©蔡逸君

由中國少年兒童新聞出版總社有限公司2015年在中國首次出版